leykam: *seit 1585*

Michael Stavarič
Martina Stuhlberger

TIERISCH WILDE WEIHNACHTEN

24 Tiere erzählen

leykam: KINDERBUCH

1

DIE KATZE

Lichtpunkttiere sind schon was Geniales! Wir spielen ziemlich oft zusammen, selbstverständlich auch zu Weihnachten. Die passen nämlich richtig toll zum Weihnachtsbaum, vollkommen egal, wie und womit man den schmückt. Es gibt, so viel weiß ich, grüne und rote Lichtpunkttiere, und ich weiß auch, dass die roten schneller sind. Wir Katzen sind voll im Bilde, man sollte echt mehr auf uns hören.

Auf gar keinen Fall darf man jedoch Hunden etwas glauben, die denken doch ausschließlich in Stöckchen. Stöckchen hier. Stöckchen da. Stöckchenwurf! Na, wenn ihr mich fragt, eindeutig ein Brett vorm Kopf der Wauwau, oder? Es kommt auch nicht von ungefähr, dass manche wie Hund und Katz sind. Glaubt mir ruhig, sogar in Redewendungen liegt der Hund begraben. Demnach: Ein Hund ist immer und überall das eigentliche Problem.

Aber nun lieber zu etwas Erfreulicherem: Das dort drüben ist die Yara, mein Lieblingsmenschenkind! Die streichelt mich wirklich oft und freut sich jedes Jahr am allermeisten aufs Weihnachtsfest. Die kann tatsächlich auch diese Lichtpunkttiere dirigieren, die gehorchen ihr aufs Wort. Das ist bestimmt eine große Gabe! Sie nennt sie allerdings „Laserpointer“. Na, vielleicht heißen die Viecher anderswo auf der Welt so. Kann durchaus sein.

Aber wenn ihr mich fragt, ich würde Weihnachten ja ganz anders gestalten. Die Menschen sind sooo schrecklich einfallslos! Mich sollte man mal bei den Planungen ans Ruder lassen. Miau! Ich weiß sogar schon, welche Tiere ich zu meinem Weihnachtsfest einladen würde. Für die müsste ich dann natürlich irgendwelche Geschenke besorgen. Wobei, reicht es nicht völlig, wenn die mir Geschenke bringen? Meine Gästeliste: Der Wellensittich, die Amsel, der Maulwurf, der Frosch, das Kaninchen und diese Lichtpunkttiere. Freilich auch reichlich Mäuse, doch verhandle ich mit denen noch gesondert über diverse Weihnachtsmodalitäten.

Ich plane an sich Folgendes: Mein Weihnachtsbaum muss überall mit flauschigen Mäusen geschmückt sein. Sie können dort dann gemütlich rumsitzen und klettern, wohin sie wollen. Und einige dürften sogar etwas Glitzer von Yaras Mutter auftragen. Besonders Wagemutige könnte man mit ihren Schwänzchen an die Äste binden. Ganz sachte und nur für ein paar Minuten! Also für das gemeinsame Weihnachtsfoto, das natürlich sein muss.

Diesen Job könnte übrigens der Kranich übernehmen, der regelmäßig übers Haus fliegt. Der ist fast so groß wie ein ausgewachsenes Fotostativ, und kann bestimmt eine Kamera bedienen. Ich werde ihn bei nächstbester

Gelegenheit fragen, ob er den Auftrag annimmt. Ich hoffe nur, der glaubt nicht ernsthaft, ich lade ihn offiziell zu meiner Weihnachtsfeier ein. Wär nur ein Job, und über die Bezahlung müssten wir auch noch reden.

Als Mehlspeise serviere ich übrigens „Gebackene Mäuse" … Na na, keine Angst, es ist nicht das, was ihr denkt. Das ist eine leckertolle Mehlspeise.

Oh, das wird bestimmt ein großartiges Weihnachtsfest –
kann bitte morgen schon Weihnachten sein?

WAAS? ERSTER DEZEMBER?
DAS MEINT IHR NICHT ERNST!

2

DIE FLEDERMAUS

Es ist schon wahr, am Dachboden, wo ich tagsüber schlafe, bekommt man vom üblichen Weihnachtsfest nicht allzu viel mit. Ich meine, wer lässt sich schon ernsthaft länger auf dem Dachboden blicken? Eben! Dort legen die Menschen höchstens ein paar unliebsam gewordene Weihnachtsgeschenke ab.

Ich sag's euch, auf dem Dachboden liegt so viel „Klumpat", äh, Gerümpel natürlich, da kann ich nur staunen. Die Menschen benötigen dermaßen viel Krimskrams, dass sie diesen ein ganzes Leben lang auf dem Dachboden horten müssen. Die meisten Dinge dort interessieren mich nicht wirklich, ich weiß oft nicht einmal, wofür das ganze Zeug gut ist, aber diese seltsamen Schuhe, die dort jemand aufgehängt hat, die mag ich schon sehr. Die hängen dort nämlich so rum wie ich. Allerdings schlafen die immer (nicht so wie ich), setzen sogar Spinnweben an und rosten ein wenig. Schuhe, die rosten können! Unpackbar, was es alles auf der Welt gibt. Die haben unten eine gebogene Metallstange dran, und früher hat man sie im Winter noch regelmäßig vom Dachboden geholt, vielleicht ja, um Weihnachten mit ihnen zu feiern. Ich schnappte mal etwas von einem weihnachtlichen Eislaufen oder so auf. Irgendein komischer Brauch der Menschen offenbar, wo sie alle gemeinsam aufs Eis gehen, was ziemlich dumm ist, weil man dort einbrechen kann. Das weiß jedes Tier! Sogar ich, die nur rumfliegt.

Und stellt euch vor, einmal hat mich jemand am Dachboden für einen „Fetzen" gehalten, was immer das auch ist. Der wollte mich tatsächlich schnappen und sonst was mit mir als „Fetzen" tun, dem bin ich aber ordentlich um den Kopf rumgeschwirrt. Das fetzt, oder? Einmal im Leben würde ich wahnsinnig gerne selbst Weihnachten feiern, vielleicht mit diesen etwas traurig wirkenden Eisschuhen zusammen? Ich weiß schon, man benötigt dazu einen Nadelbaum, was mir eh recht ist – ich hänge auch im Wald oder Park in Bäumen herum. Nur kurz zum Ausruhen, weil schlafen tue ich lieber auf einem gemütlichen Dachboden.

Ich würde mir also einen Nadelbaum besorgen, irgendwer würde mir den hoffentlich bis ins Haus liefern. Ein Specht könnte vielleicht so einen kleineren Baum für mich umhacken, die vermögen schließlich alles mit ihren Schnäbeln. Den Specht lade ich dann natürlich auch zu meiner Weihnachtsfeier ein! Ehrensache! Wir hängen den Baum selbstverständlich verkehrt herum auf, von einem der Haken in der Dachbodendecke. Der kann dort dann fröhlich wie ich vor sich hinhängen und waldig duften. Der Specht darf von mir aus auf den ganzen Dachbodenträgern herumpicken, ist ja alles aus feinstem Holz. Das wäre quasi gleich ein passendes Weihnachtsgeschenk für ihn.

Sogar Spinnen dürfen dann auf meinem Bäumchen herumkrabbeln, klar doch, die könnten mir ja etwas Schmuck weben. Mich stört auch gar nicht, wenn der beinahe durchsichtig ist. Irgendetwas muss schließlich auf den Baum, und wenn es nur Spinnweben sind.

Das habe ich mal in der Stadt gesehen, am Rathausplatz, wo jedes Jahr ein großer Christbaum aufgestellt wird. Der war natürlich voller leuchtender Kerzen und Glitzersterne.

Aber Kerzen sind nicht meins, und Sterne brauche ich auch nicht wirklich, die sehe ich schließlich bei meinen nächtlichen Rundflügen andauernd.

FROHE WEIHNACHTEN!

3

DER HUND

Wuff wuff wuff, oh es ist Weihnachten, Weihnachten, ich bin ja immer schrecklichst aufgeregt, wenn mal Weihnachten ist, wuff wuff wuff, weil ja Weihnachten ist, wuff wuff wuff wuff, das ist wie ein, wuff wuff wuff, Wunder für mich, weil es den ganzen Tag und überall, wuff, gut, wuff wuff wuff, riecht im gesamten Wuffhaus, was ich aber so was von wuffmag, da kann ich gar nicht damit aufhören, wuffrumzuschnüffeln.

Wuff wuff wuff, im ganzen Flur, im ganzen Wohnzimmer, in der ganzen Wuffküche, im Schlafzimmer, wuff wuff, rumschnüffeln, und wenn jemand, wuff, nicht aufpasst, dann schnappe ich mir, wuff wuff wuff, den einen oder anderen Leckerwuffwuffwuffwuffbissen, ganz schnell, damit es keiner wuffbemerkt. Ich weiß schon, wuff wuff, muss mich, wuff wuff, beruhigen, schön durchwuffschnaufen, wuff, damit es besser wird, versprochen, ich weiß auch nicht, wuff, ist eben alles so schrecklich aufrewuffgend für mich, da kann so einer wie wuffich gar nicht anders. Atmen, ruhig atmen, wuffatmen.

WALDI, DAS IST JA ECHT KEIN ZUSTAND.

Waldi und Weihnachten, das passt doch wie die Faust aufs Auge, oder, was meint ihr, wuff? Ich bin jetzt echt gaanz ruhig, kein Bellen mehr, versprochen, ich kann das, wuff. Hab ich wuffgebellt grad? Nein, echt jetzt? Aber ab jetzt dann, ab jetzt dann wirklich, ich bin ganz, gaaanz entspannt und vollkommen ruhig, nur noch ganz normal aufgeregt.

Der Waldi ist ja an sich immer aufgeregt, aber wenn dann erst mal Weihnachten ist, dann geht es eben mit mir durch. Da geht das Herrchen auch viel mit mir draußen im Schnee spazieren. Und wenn es mal nicht schneit, dann im Matsch. Und wenn es mal nicht wuffmatscht, dann sogar bei trockenem Wetter. Dann werden viele, sehr viele Stöckchen geworfen, wuff. Und am Abend bekomme ich dann mein Weihnachtsessen, also wenn Weihwuffnachten ist. Ich bekomme immer etwas besonders G'schmackiges, weil ja schließlich nur einmal im Jahr Wuffweihnachten ist, wo sich alle Menschen nur von ihrer besten Seite wuffzeigen wollen. Außerdem bin ich dann den ganzen Tag glücklich, weil ich ständig gewuffstreichelt werde.

Und im Haus riecht es herrlich nach Zimt, wuff, und Vanille, wuff, und einem Weihnachtsbraten, der so duftet wie, wuffwuffwuffwuffwuffwuff, tausend Leckerwuffknochen.

Ich bekomme übrigens selten Knochen, aber immer einen ganz dicken zu Weihnachten. Manchmal stelle ich mir vor, die Menschen würden mich, wuff, dieses ganze Weihnachtsfest organisieren lassen, dann gäbe es selbstverständlich einen Wuffbaum aus lauter dicken und noch dickeren Knochen, die wir gemeinsam aufschichten würden. Am besten viele Knochen von Wuffsauriern, die sind bestimmt lecker. Und oben, wuff, dort, wo die Knochen dann etwas dünner und kürzer werden können, wie bei einem Weihnachtsbaum eben, dort bräuchte man nur, wuff, den herrlich duftenden Wuffbraten aufzuspießen. Also statt diesem ollen Weihnachtsstern und Weihnachtsspitz und so.

Und mein Herrchen könnte mir danach (also nach dem Braten!) sogar Tannenzweige, wuff, zum Kauen geben, dann riecht man, wuff, auch wieder besser aus dem Mund.

WALDI WILL IMMER GEPFLEGT SEIN.
IST WAHR, WUFF, ICH SCHWÖR'S.

4

DIE ESELIN

Es wird euch jetzt nicht weiter verwundern, weil ihr es vielleicht alle längst wisst, doch habe ich das Weihnachtsfest erfunden! Das ist echt wahr, wenn auch schon lange her, und natürlich nicht ich leibhaftig und persönlich, vielmehr irgendwelche Urururgroßmütter und Ururururgroßväter von mir, die damals gelebt und die alles ihren Kindern erzählt und die wiederum dann alles ihren Kindern weitererzählt haben, und so weiter.

Das mit dem Weitererzählen ist bei uns Eseln wirklich was Gutes, bei euch Menschen, na ja. Menschen erzählen sich oft wirklich einen Blödsinn. Wie unlängst so einer, der mit seinem Kind bei unserer Koppel vorbeiging, und der sprach gerade davon, dass hier überall so viel Löwenzahn wächst. Dabei waren das eindeutig Ringelblumen. Also bitte, das weiß doch jeder Esel. Heute erzähle ich die Geschichte mit der Weihnachtsfesterfindung meinen Eselkindern, dem Maxi und der Lilli, die hören auch total gebannt zu, ich meine, wirklich jede*r interessiert sich doch dafür, wie das Weihnachtsfest entstanden ist, oder?

Da wurde jedenfalls in grauer (was für eine schöne Farbe!) Vorzeit ein Baby geboren, irgendein Jiihaas, Jessas oder Jesus oder so ähnlich, und etliche Menschen haben sich wahnsinnig darüber gefreut. Was auch völlig

normal ist, weil ich mich ja schließlich auch närrisch darüber freue, wenn ein neues Fohlen zur Welt kommt, also ein Eselkind von mir, was durchaus jedes Jahr der Fall ist. Und an der Anzahl meiner Kinder kann ich übrigens abschätzen, wie alt ich heute bin, das ist also gar nicht unpraktisch. Irgendwann zählt man als kluge Eselin natürlich nicht mehr genau mit. Ich weiß gar nicht, warum Menschen da immer so eine große Sache daraus machen, also aus ihren Kindern und wie alt wer ist, es ist schließlich die normalste und schönste Sache der Welt, junge Esel und Menschen in die Welt zu setzen, und diese aufwachsen zu sehen.

EGAL, ZURÜCK ZU DER WEIHNACHTSGESCHICHTE:

Baby Jesus war für einige jedenfalls ein besonderer Mensch, und weil ihn schließlich bis heute noch so viele ganz erfreulich finden, feiern wir weiterhin alle zusammen Weihnachten; das muss mal gesagt sein. Und in weiser Voraussicht haben damals ein paar Esel das allererste „Geburtstagsweihnachtsfest“ für diesen Baby Jesus organisiert, weil die Menschen gar nicht von allein auf diese Idee gekommen wären. Die Esel trugen schnell grüne Zweige zusammen und brachten Stroh und Äpfel und Brot und einfach alles, was schnell zu finden war, und die Menschen knieten sich brav im Stroh hin, aßen die Äpfel und das Brot. Die frisch abgebissenen Zweige dufteten und Baby Jesus lächelte, er streichelte einen der Esel an der Schnauze. Es gab angeblich sogar eine riesengroße Sternschnuppe am Himmel zu sehen, die fast so groß wie der Eiffelturm war, muss insgesamt schon ein kolossaler Anblick gewesen sein.

Ich kenne den Eiffelturm allerdings nur aus dem Fernsehen, bei uns im Stall hängt schon seit einer Weile so ein Flachbildschirmfernseher herum, damit der Bauer bei der Arbeit Fußball schauen kann. Oft dreht er den Fernseher nur auf, weil er sich nicht mehr allein fühlen möchte. Seine Frau, die Trudi, ist vor ein paar Jahren leider verstorben, die mochten wir alle gern.

Und so läuft also jetzt ein Fernseher im Stall, und wir schauen dort zusammen etwas fern, und sehen dann Dinge wie den Eiffelturm, aber ich schweife ab …

Schweif nicht immer so viel ab, hat mir schon die Mama früher gesagt, aber ich habe, schlau wie ich damals schon war, sofort geantwortet, Mama, ich habe ja einen Schweif, da darf ich wohl etwas abschweifen! Genial, oder? Und meine Mama meinte dann, dass ja viele Tiere einen Schweif hätten, und würden alle so wie ich abschweifen, dann könnte man sich mit niemandem mehr ordentlich unterhalten, weil ja solche „Abschweifungen" auf Dauer unerträglich wären, aber egal jetzt.

DIE ESEL HABEN ALSO DAS WEIHNACHTSFEST ERFUNDEN, SO VIEL IST ÜBERLIEFERT.

Und natürlich feiern die Esel seitdem auch Weihnachten, ganz klar. Und die Menschen machen es uns weiterhin nach – und die sagen manchmal dann zu uns, wir wären dumm. Unpackbar, oder?

Wir Esel brauchen fürs Weihnachtsfest keinen Weihnachtsbaum und Geschenke und so weiter, wir feiern Weihnachten nämlich jedes Jahr ganz ähnlich: Wir musizieren zusammen im Stall! Ich meine, wir singen ganz besonders schön, wenn Weihnachten ist. Und sogar der Bauer sagt das schon mal zu den Nachbar*innen, dass wir zu Weihnachten ganz besonders laut sind. Also laut ist klarerweise ein Synonym (das hat nichts mit „anonym" zu tun) für „schön", sonnenklar!

Und wenn ihr mich fragt, was ich mir am liebsten zu Weihnachten wünschen würde ... vielleicht ein Mikrofon?

5

DIE WEINBERGSCHNECKE

Vielleicht wird es jetzt einige von euch erstaunen, doch feiere ich jedes Jahr Weihnachten, seit ich denken kann. Das liegt wohl daran, dass ich – so wie Menschen auch – ein Haus besitze.

Hausbesitzer*innen feiern gerne Weihnachten, anders lässt sich das gar nicht sagen, sie sind gesellige Menschen, die immer etwas für ein Fest übrig haben. Und wer hat schon richtige Häuser, denkt mal nach? Ich meine, irgendwelche Höhlen, Bauten und Nester zählen für mich nicht wirklich, denn nur Menschen und Schnecken haben echte Häuser! Stimmt's? Und wir Schnecken können die unseren sogar überallhin mitnehmen. Na gut, das gibt's auch bei den Menschen, die haben dann sogenannte Wohnwägen. Großartig, dass Menschen so viel mit uns Schnecken gemeinsam haben.

Aber bestimmt wollt ihr jetzt endlich wissen, wie ich Weihnachten feiere – das ist nämlich nicht so einfach. Zum Beispiel kann ich keine größeren Tiere zu mir einladen, weil ja das Schneckenhaus relativ klein ist. Also nicht für mich, ich finde es absolut geräumig, aber ein Fuchs oder Dachs, der passt da klarerweise nicht rein. Überhaupt sind wir kleineren Tiere eher nicht so gut mit größeren Tieren befreundet, da ergeben sich die richtigen Weihnachtsgäste schon fast von selbst. Wenn ich Weihnachten feiere, dann suche ich

mir zuerst eine hübsche Fichten- oder Tannennadel, die ist für mich schon ein ganzer Baum. Ist das nicht voll easy? Diese ziehe ich anschließend in mein Häuschen rein und stelle sie dort in der Nähe des Eingangs auf.

Es ist ja so, dass ich mich, wenn ich Gesellschaft habe, ganz weit nach hinten in mein Schneckenhaus zurückziehen muss, damit für Baum und Gäste genug Platz bleibt. Im vorderen Bereich meines Hauses können dann meine Freund*innen um den Weihnachtsbaum herumsitzen, und wir unterhalten uns für gewöhnlich darüber, was wir alles während eines Jahres erlebt haben.

Natürlich, wer meine Freund*innen sind, das interessiert euch gewiss: mit ein paar Blattläusen bin ich ganz gut, einer Ameise (die sich interessanterweise selbst für eine Schnecke hält, weil sie meistens ein leeres Gehäuse mit sich herumschleppt, aber das ist eine andere Geschichte) und einem Marienkäfer. Und sagt es nicht weiter, wir alle sind schrecklich verliebt in den Marienkäfer – der bekommt auch immer die schönsten Geschenke. Die Ameise schenkt ihm gerne etwas Schmuck, bunte Steinchen oder irgendetwas aus Aluminiumfolie. Die Blattläuse bringen immer Kuchen mit, weil sie gut backen können.

Und ich erzähle für gewöhnlich eine Weihnachtsgeschichte, die ist mein persönliches Geschenk an alle.

Wie zum Beispiel jene, wonach Marienkäfer eigentlich Blattläuse fressen, und Ameisen eigentlich uns alle, aber nicht wir einander, und nicht zu Weihnachten, weil wir uns alle ganz doll lieb haben.

6

DER GOLDFISCH

Wie schrecklich gerne würde ich doch mein eigenes Weihnachtsfest feiern, draußen im schicken Gartenteich. Der friert auch gar nicht mehr richtig zu, die Winter sind längst viel zu mild geworden. Natürlich ist mir das nicht vergönnt, ach Goldi, du arme Fischgräte, aber ich will mich ja nicht beklagen, schließlich nehme ich an jedem Weihnachtsfest teil, das meine Menschenfamilie begeht. Und die Yara, die stellt dann meine ordentlich polierte Goldfischkugel (so nennt sie das) mitten ins Zimmer, dass ich auch alles gut erkennen kann: den Weihnachtsbaum, die Geschenke, die Weihnachtstafel und so weiter. Manchmal schwappt dabei etwas Wasser über, aber noch nie hat mich die Yara fallen gelassen, ich schwör's.

Na gut, manchmal ist mir schon etwas mulmig zumute und dann denke ich mir, so, das war's, jetzt lande ich auf dem Boden, aber dann denke ich weiter, Goldi, bleib lieber auf dem Teppich, dir wird schon nichts passieren, und so ein paar Minuten auf dem Boden rumzappeln, das würde dich schließlich nicht umbringen. Ich werde ja zu Weihnachten irre viel gefüttert und gefüttert, bis mir ganz schlecht vom vielen Essen ist, aber das ist angeblich eine menschliche Tradition, gehört also zu einem gelungenen Fest dazu.

Vermutlich habt ihr noch nie darüber nachgedacht, aber so eine Goldfischkugel ist wie eine mit Wasser gefüllte Brille, man sieht ganz komisch durch sie hindurch (vor allem, wenn man eigentlich keine Brille braucht). Wäre ich nicht ein Goldfisch, mir würde ja andauernd schlecht davon werden. Ich schwör's euch, ihr würdet es keine halbe Stunde in meiner Goldfischkugel aushalten, weil euch andauernd übel werden würde, wenn ihr rausguckt. Wenn ihr genauer wissen wollt, was ich meine, dann setzt doch mal die Brille von der Oma oder vom Opa auf – und schaut mal zum Weihnachtsbaum. Dann bekommt ihr ungefähr eine Ahnung, was Sache ist. Aber was soll ich sagen, man gewöhnt sich schließlich an alles – und ich sehe mittlerweile wieder ganz gut durch das Rundglas.

Ach ja, natürlich könntet ihr niemals so lange die Luft unter Wasser anhalten, worüber ihr aber nicht traurig sein solltet. Ich kann eigentlich auch keine halbe Stunde lang die Luft unter Wasser anhalten, ich atme dort schließlich.

Unlängst habe ich sogar darüber nachgedacht, dass es schon komisch ist, dass ich IN einer Kugel lebe (dem Goldfischglas) und ihr AUF einer Kugel (der Erde).

ICH FINDE, IRGENDWIE VERBINDET UNS DAS.

Wenn ich sprechen könnte, dann würde ich der Yara aber unbedingt noch viel mehr sagen wollen, dass sie mich doch vielleicht mal irgendwann zum Gartenteich bringt – mit all den tollen Pflanzen und Tieren. Dann wäre ich nicht mehr so allein. Und könnte richtig schön Weihnachten feiern, mit gigantischen Wasserpflanzen, die doch für einen Goldfisch die allerschönsten Weihnachtsbäume sind.

Ich träume manchmal davon, wie ich in eine dichte Wasserpflanze hineinschwimme, bis ganz nach oben zu ihrer Spitze, wo ich dann wie ein goldener Weihnachtsstern erstrahle. Natürlich wäre ich, die Goldi, der allerschönste Weihnachtsstern auf der ganzen Welt.

UND ÜBERALL UM MICH HERUM

FUNKELNDE FISCHSCHUPPEN.

7

DER IGEL

Meine Mama hat mir erzählt, dass es einst ein Igel war, der die Erde formte. Er sei für dieses Vorhaben ewig lang durch den Kosmos gereist, um ein geeignetes Plätzchen dafür zu finden. Irgendwann sah er dann unsere schöne Sonne in der Ferne, und da wusste er auch gleich, dort muss er hin, dort lässt es sich bestimmt gut aushalten. Er rollte sich zu einer Kugel zusammen, was natürlich alle Igel können, und begann die Sonne zu umkreisen. Und wie gut ihn diese doch wärmte. Genauso ist also unsere Welt entstanden, sie ist ein uralter, zusammengerollter und längst versteinerter Igel.

Mama hat mir jedenfalls immer zu Weihnachten diese Geschichte erzählt, ich meine, vielleicht hat sie die nur erfunden, das weiß ich nicht. Aber wir haben uns (wie auch alle anderen Geschwister) dann immer zu einer Kugel zusammengerollt, das hat bei uns einfach Tradition. Aber genug davon.

Ihr wisst bestimmt, dass wir Igel im Winter nicht draußen herumlaufen können, da ist es uns viel zu kalt. Und zu fressen finden wir dann auch nichts mehr. Also suchen wir uns lieber ein hübsches trockenes Plätzchen, irgendwo im Laub, in einer Felsspalte, in einem alten Fuchsbau – oder bei euch im Keller. Oh ja, wir lieben Keller, da lässt es sich durchaus aushalten. Die meisten Igel verschlafen ja das Weihnachtsfest, aber ich bin es immer noch so gewohnt, dass ich mit der Mama am 24. Dezember aufwache ... und wir feiern dann zusammen.

Ihr wundert euch jetzt vielleicht, aber ich finde, da ist nichts Schlechtes dran: Ich lebe weiterhin bei meiner Mama, obwohl ich schon erwachsen bin. Die anderen Geschwisterchen sind längst ausgezogen, die laufen irgendwo in der Welt herum. Aber ich wollte meine Mama nicht allein lassen, also bin ich geblieben. Im Grunde feiern wir das Weihnachtsfest immer anders, je nachdem wo wir überwintern. Irgendwo im Wald holen wir uns einen frischen Tannenzweig in unsere Höhle, und Mama erzählt ihre Geschichten. Es stört mich auch gar nicht, dass ich die längst alle kenne, der Mama macht es schließlich Freude. Wenn wir in einem Keller oder altem Schuppen Weihnachten feiern, dann schauen wir uns dort natürlich genau um – und oft finden wir sogar etwas richtig Weihnachtliches.

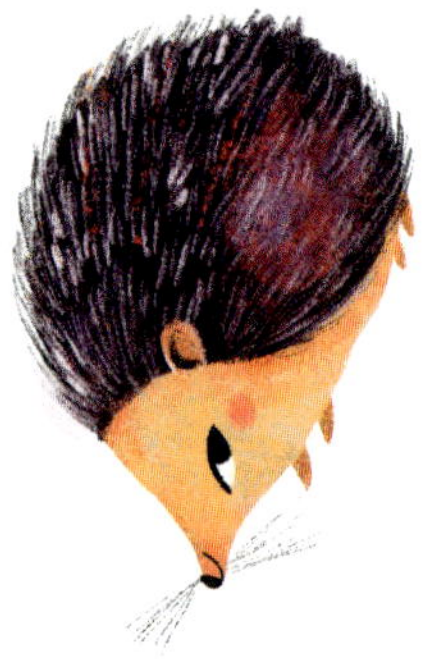

Einmal gab es total viel goldenes und silbernes Geschenkpapier, da haben wir uns dann wild drin herumgerollt, ich glaube, auf allen unseren Stacheln blieb ein kleines Stück davon hängen. Und ganz viel Glitter. Wir haben geglänzt wie kleine Sonnen. Das war richtig schön! Ich muss auch noch sagen, dass ich den Glitter fast ein Jahr lang nicht mehr aus meinem Fell (und den ganzen Stacheln) bekam, das war erst was.

Im Grunde haben wir dann irgendwie das ganze Jahr über Weihnachten gefeiert, weil wir so schön glänzten.

KÖNNT IHR EUCH EIGENTLICH VORSTELLEN,
JEDEN TAG WEIHNACHTEN ZU FEIERN?

8

DIE KRABBE

Jetzt sagt ma die Möwe unlengst, schau net so verzwickt. Da hab i sie zwickt, net fest, aber genug. Ist davongeflogen. I kann ja nix dafür, dass i bissi zwick und verzwickt dreinschau. Alle Krabben schauen so. Des is jetzt net so wirklich wichtig, i bin ja ongaschiert wordn, um eich etwas übers Krabbenfest zu erzählen.

Wir Krabben feiern vüü. Geburtstage, Namenstage, Feiertage, Montage und Freitage, Sonntage natüürlich, Sonnenaufgänge und Sonnenuntergänge, Ostern, Pfingsten, die Flut und die Ebbe, und Weihnachten. Wir feiern jo no vüü mehr, aber des is net so wichtig. Süvester fallt ma no ein. Da stell ma am Strond an Baum auf, und tanzn die ganze Nocht. Immer im Kreis um den Baum, Tausende Krabben, Millionen Krabben, darauf freuen sich alle des gonze Johr.

Zu Weihnachten mach ma a Feuerwerk, des is Tradition bei uns Krabben, dann klaub ma alle leern Muschelscholn am Strand auf, füllen sie mit Leichtalgn und werfen die gfülltn Muschelscholn in den Nachthimmö. I waß, i muss a bissi deutlicher sprechen, „Leichtalgn“, des san so „Leuchtalgen“. Algen, die leuchten in der Nocht. Darüber kennts wos nochlesn. Man nennt des a „Meeresleuchten“.

SCHAUT VOLL SCHEEN AUS.
UND DES IST DANN OISO UNSER FEUERWERK ZU WEIHNACHTEN.

I hob mol an Fisch troffn, der hot ma dazöhlt, dass die Menschen zu Weihnachten an Baum aufstööln, und zu Silvester a Feuerwerk mochn. Do hob i eam net glaubt. Woa a klana Fisch. Wos waaß scho a klana Fisch, der hot des bestimmt verwexelt. Des Wort „Silvester", des waaß a jede*r, leitet sich vom Lateinischen „silva", der Wald ab. Des haaßt dann sovüü wie: Der Tag, an dem man Bäume aufstellt. Silvester eben.

Und des Wort „Weihnachten", des waaß a jede*r, leitet sich vom Mittelhochdeutschen „ze den wihen nahten" ab, oiso: „in den geweihten, heiligen Nächten" Und in der Nocht, mocht ma a Feuerwerk. Eh kloa. Des hob i dann a dem klanen Fisch derklärt, der oba schnöö weitergschwommen ist. Der hot ständig den Kopf gschüttelt, was bei an Fisch bedeutet, dass er den ganzen Körpa schüttelt, weil ja der Kopf direkt in den Körpa übageht. Fisch san net grad schlau, bissi andepscht imma im Kopfarl, net so wiff wie mia Krabben.

Kommts mal zum Strand und besuchts mi z'Woinach,

i zwick euch a net, versprochn!

U wia mochn gemeinsam a Feuerwerk!

SWOOSH.

9

DER WELLENSITTICH

Papageien sind gewiss die schönsten Tiere auf diesem Planeten, findet ihr nicht auch? Es gibt so viele von uns, da könnte ich euch stundenlang darüber erzählen, welche Farben das jeweilige Gefieder und so weiter.

Und was für lustige Namen doch Papageien von euch Menschen bekommen haben, da kann ich immer wieder drüber staunen: Blaukappenamazone, Weißhaubenkakadu, Weißbürzellori, Hyazinth-Ara, Sonnensittich, ach, da kann man gar nicht damit aufhören, alle Namen aufzuzählen.

Insgesamt gibt es ja so gut wie 340 Papageienarten, aber tief in den Regenwäldern gibt es immer noch welche, die kein Mensch je gesehen (oder benannt) hat.

Ich bin übrigens ein grün-gelber oder gelb-grüner (was weiß ich) Wellensittich, bestimmt habt ihr schon mal wo einen gesehen. Die Yara hat mich mal in einer Zoohandlung entdeckt, und sich sofort in mich verliebt. Ich meine, ich kann das ja verstehen, wir sind auch zu schön. Außerdem können wir uns mit den Menschen unterhalten, welches Tier vermag das schon. Yara hat mir einige Wörter aus der Menschensprache beigebracht, zum Beispiel „Habdichlieb". Und „Kristbam". Und „Hatgschmeckt". Ich finde, damit kann man ganz hervorragend mit Menschen kommunizieren. Dass der „Kristbam" ein „Christbaum" ist, das habe ich natürlich erst dann realisiert, als ich mein erstes Weihnachtsfest mit Yara erlebte. Zuerst dachte ich, sie meint damit irgendein „Gerüst" und die „Bahn", ich fand das schon etwas komisch. Ich fahre ja schließlich nie Bahn und mit Gerüsten habe ich auch wenig am Schnabel. Umso schöner, dass dann ein Christbaum gemeint war, ich werde unser erstes gemeinsames Weihnachtsfest jedenfalls nie vergessen. Ich durfte überall im Haus herumfliegen und mich auf den „Kristbam" setzen. Kein anderes Tier darf das. Nicht mal die Katze. Und der Hund schon gar nicht. Und der Goldfisch, der könnte nicht mal, wenn er dürfte.

Ach ja, ich soll hier schließlich erklären, wie ich gerne Weihnachten feiern würde. Die Antwort ist denkbar einfach: mit meiner Yara. Und ihrem „Kristbam". Ich finde das so perfekt. Na gut, fast perfekt.

Es könnte mehr „Papageienschmuck“ am Christbaum hängen. Schließlich gibt es unzählige, bunt bemalte Papageien aus Glas, überhaupt, Vögel aller Art, die machen jeden Baum zu etwas Besonderem. Ich muss mal die Yara und ihre Mama davon überzeugen, dass sie mehr Papageienweihnachtsschmuck einkaufen.

JETZT STELLT EUCH EINEN WEIHNACHTSBAUM VOR, DER VOLLER GLITZERNDER GLASPAPAGEIEN IST. WÄRE DAS NICHT TOLL?

Und wenn das nicht geht (weil es zu teuer oder so ist), dann würde ich vorschlagen, dass wir alle Wellensittiche aus der Gegend (und das sind viele!) zu einem gemeinsamen Weihnachtsfest einladen. Dann fliegen wir alle zusammen auf den Baum, und jeder Wellensittich nimmt irgendeine spezielle Pose ein, die ihm gefällt. Und keiner rührt sich dann für eine halbe Stunde. Ich finde ja, dafür könnte man fast schon Eintritt verlangen.

10

DIE RINGELNATTER

Es ist offenkundig, dass sich viele Menschen vor Schlangen fürchten, dabei tun wir doch niemandem etwas. Na gut, es kommt schon mal vor, dass mal eine von uns einen Menschen beißt, aber nur, wenn man auf uns draufsteigt im Wald. Das würdet ihr doch bestimmt auch machen, oder?

Jetzt stell dir mal vor, du liegst irgendwo friedlich in der Sonne herum, und dann kommt ein Riese daher, und … es ist einfach nur ein Reflex. Nichts für ungut. Wir Ringelnattern sind allerdings vollkommen ungiftig und sehr friedfertig, uns könntet ihr wirklich problemlos zu eurem Weihnachtsfest einladen. Ringelnattern (ja, Schlangen überhaupt) feiern kein Weihnachten, weil wir um diese Zeit Winterschlaf halten. Wir sind auf Sonne und Wärme angewiesen, und wenn es draußen zu kalt ist, können wir uns kaum bewegen. Dabei möchte ich schrecklich gerne mal zu einem Weihnachtsfest gehen, wollt ihr mir nicht mal eine Einladung schicken? Ich würde endlich einen geschmückten Weihnachtsbaum sehen, das wäre richtig toll.

Natürlich könnte ich mich auch nützlich machen, klar. Ich habe gehört, ihr habt auch so Weihnachtsgirlanden im Baum hängen, die man um den Baum herumschlingt. Herumschlängelt? Ihr wisst schon, was ich meine.

Meistens glänzen die dann silbern und golden, sieht bestimmt schön aus.

Aber stellt euch jetzt kurz mal vor, ich komme mit meiner ganzen Verwandtschaft daher, und anstatt dieser Girlanden, schmücken wir Ringelnattern euren ganzen Baum. Wir können uns nämlich richtig toll überall verteilen, und unsere Schuppen glänzen und funkeln im Kerzenlicht. Dann müsstet ihr jedenfalls kein Geld mehr für Weihnachtsgirlanden ausgeben, cool, oder? Ich weiß schon, viele Erwachsene würden das vermutlich komisch finden, mir ist schon klar, dass die meisten Vorbehalte gegen uns Schlangen haben. Zum Glück seht ihr Kinder das anders. Und vor uns Ringelnattern müsst ihr euch wirklich nicht fürchten. Mambas und Kobras und so weiter, die muss man freilich nicht auf seine Weihnachtsgästeliste setzen. Das würde ich ja auch nicht machen.

Und hört mal zu, ich kann sogar Weihnachtslieder singen, na ja, eher zischen, aber wenn ihr mal kurz mitzischt, dann könntet ihr schon die Melodie erkennen:

S S SSS, S S SSS, S S S S SSSS

Na? Hört ihr es?

Jingle bells, jingle bells, jingle all the way!

Oder:

ssss ss ssss, ssss ss ssss

Sti-i-lle Na-a-cht, He-e-ilige Na-a-cht.

Da staunt ihr, was?

Und jetzt stellt euch vor, wir könnten dann zusammen zu Weihnachten ein paar Weihnachtslieder zischen, das wäre der Hammer!

Überlegt es euch!

11

DAS REH

Ach Weihnachten, das ist insgeheim einer meiner liebsten Tage im Jahr. Dann sitzen nämlich alle Menschen zu Hause herum, oft bei Kerzenschein, und wir Rehe blicken aus der Ferne in eure Fenster, sehen allerlei verpackte Geschenke und spielende Kinder, und natürlich etliche wunderbare Weihnachtsbäume. Außerdem sind dann weitaus weniger Menschen im Wald, und wir können uns dort völlig ungestört fühlen. Ist ja manchmal gar nicht mehr so einfach, seine Ruhe zu haben und über die Runden zu kommen, weil die Wälder viel kleiner geworden sind – und überall viele Menschen herumspazieren. Ich kann das aber auch verstehen, so ein Wald ist schon toll, und wäre ich nicht bereits ein Reh, ich würde dort auch als Mensch gerne herumlaufen und Pilze suchen oder so.

Bestimmt seid ihr jetzt neugierig, wie ich Weihnachten feiere, und ich muss schon sagen, so ein leckeres Weihnachtsbäumchen, mit seinen saftigen Trieben und Zweigen, das ist schon äußerst schmackhaft. Wir Rehe knabbern nun mal gerne an Weihnachtsbäumen herum, viel lieber aber noch an Gräsern und Kräutern. Mmmh, und die Blätter von Him- und Brombeere mögen wir fast am liebsten. Mögt ihr auch Himbeeren? Na dann versteht ihr mich ja. Aber zurück zum Weihnachtsbaum – ich bevorzuge den klein und flauschig. Vielleicht könnte man ja auch viele kleine Bäumchen zu einem einzigen großen „Baum" aufhäufen?

Außerdem mag ich mein Weihnachten ehrlich gesagt lieber ohne Schnee – ich weiß schon, das wird euch nicht gefallen. Ich meine, Schnee ist wirklich schön anzuschauen, aber wenn ich dann im Wald herumlaufe, kann dort jede*r meine Spuren erkennen. Und ihnen folgen.

Das ist für uns Rehe, die sehr viel Wert auf Privatsphäre legen, ein großes Problem. Und schlimmer noch – der Schnee deckt unser ganzes Essen ab! Das saftige Gras und so weiter. Da kommt man dann gar nicht mehr richtig ran, und es ist im Winter ohnehin viel schwieriger, sich sein Essen zusammenzusuchen. Aber ich verspreche euch, wenn ihr mich zu euch ins Wohnzimmer bitten würdet, ich würde selbstverständlich kein einziges Stück von eurem Weihnachtsbäumchen abknabbern.

GROSSES REHRENWORT!

Und was ein Reh erst mal verspricht, das hält es.

Geschenke müsstet ihr mir auch nicht groß welche machen, wir Rehe gelten als ziemlich bescheiden. Die allergrößte Freude hätte ich mit etwas Heu.

Oh ja! Und dem Hirsch könnt ihr von mir aus gerne ein Weihnachtsglöckchen an sein Geweih hängen.

12

DAS SCHAF

Also wann immer ich zu einem Weihnachtsfest eingeladen werde, freue ich mich tierisch! Dann hüpfe ich um den Weihnachtsbaum herum, springe über die Geschenke, lasse mir die Wolle kraulen – und schon schlafen alle ein. Das ist schon irgendwie komisch. Dann ist es plötzlich ganz still und friedlich, die Menschen (und sogar die Haustiere) dösen, und ich kann in aller Ruhe die Geschenke öffnen. Ich weiß, das tut man nicht, aber wir Schafe sind schrecklich neugierig. Man sieht es uns vielleicht nicht an, aber es ist so.

Das mit dem „Ich-kann-sofort-alle-einschlafen-lassen" zählt übrigens zu meinen Superkräften. Die Menschen lieben einfach ihre Schafe, wir haben eine beruhigende und schlaffördernde Wirkung – ich glaube, das ist sogar medizinisch bewiesen. Habt ihr schon mal vor dem Einschlafen gedanklich ein paar Schäfchen gezählt? Probiert das ruhig aus, ihr werdet schon sehen, was passiert. Am besten stellt ihr euch vor, ihr liegt in einer Wiese und über eure Beine hüpft ein Schäfchen nach dem anderen. Die müsst ihr dann mitzählen. Und ich garantiere euch, so schläft man definitiv ein. Ich fasse es ja gar nicht, da schnarcht schon wieder jemand!

Wäre es mein Weihnachtsfest, so wäre es unmöglich, es in diesem kleinen Haus zu feiern. Bestimmt wisst ihr, wir Schafe sind Herdentiere. Ich müsste

also alle Schafe einladen, die ich kenne – und natürlich auch die Schafe, die wiederum diese kennen. Und vermutlich sogar dann weitere Schafe, die jene Schafe kennen, die wiederum Schafe kennen und so weiter … ich weiß, das mit uns Schafen ist etwas kompliziert. Wir bräuchten also schon ein richtig großes Haus, um Weihnachten gemeinsam feiern zu können. Das müsste dann mindestens so groß wie der Stephansdom in Wien sein. Oder irgendein anderes riesiges Bauwerk. Fällt euch da was ein?

Jetzt muss ich hier aber weitermachen, ich bin ja noch gar nicht alle Geschenke durch, und am Ende wird die Familie zu früh wach.

Oh, da bekommt tatsächlich jemand ein Goldkettchen mit einem goldenen Schäfchen dran geschenkt. Wie hübsch. Diese Familie hat Geschmack. Und hier, ähm, jemand eine Bohrmaschine. Na ja. Habe ich was von Geschmack gesagt? Oh, und das hier muss wohl ein Modellflugzeug sein. Das wird ganz schön viel Arbeit. Und hier drin ist ein Haufen Bücher, ich vermute mal, für diese Yara. Die sieht man fast immer irgendwo mit einem Buch herumsitzen.

Leider kann ich ja nicht lesen, hat mir keiner beigebracht. Ich kann euch somit auch nicht sagen, was für Bücher die Yara geschenkt bekommt, aber viel wichtiger ist ja: Welche Bücher hättet ihr denn gern?

MÄH!

13

DAS PFERD

Ich mag die Weihnachtszeit sehr. Da bringt man mir viel öfter leckere Äpfel und steinhartes Brot. Und ich werde viel öfter gestreichelt und getätschelt als sonst. Manchmal haben Kinder ja etwas Angst vor mir, weil ich so riesig bin. Und ich wiederum habe ziemliche Angst davor, mal versehentlich auf ein Kind zu steigen, weil die so winzig sind. Da muss ich wirklich aufpassen. Aber ich freue mich unglaublich, wenn eine kleine Kinderhand vorsichtig über meine Schnauze streicht.

Wir Pferde sind ja Tiere, die sehr gerne herumlaufen. Schon allein wenn ich mir vorstelle, über eine Wiese zu galoppieren, wenn es gerade mal frisch geschneit hat, was könnte es Schöneres geben? Ihr müsst mal vorbeischauen bei mir, wenn ich über eine Wiese galoppiere, da bebt sogar die Erde. Natürlich gibt es auch viele andere Tiere, die gerne draußen herumlaufen.

Aber kennt ihr jemanden, der drei Laufarten beherrscht? Schritt – Trab – und Galopp? Also ein Gepard kann das nicht. Und auch keine Laufente. Es existiert sogar noch eine weitere Laufart bei uns Pferden, aber die können nur wenige Pferdewesen richtig. Ihr nennt diese Laufarten ja komischerweise „Gangarten", was ich mir nur dadurch erklären kann, dass eure Autos „Gänge" haben und keine „Läufe". „Läufe" haben wiederum Gewehre bei euch,

was ich richtig doof finde. Also Gewehre. Und Gewehrläufe. Wir Pferde haben mit Gewehren ja nichts am Hut. Aber zurück zu der vierten Laufart – die nennt sich „Tölt“. Die beherrschen aber meistens nur die Islandpferde. Ihr habt noch nie was von „Tölt“ gehört? Das ist etwas zwischen Trab und Galopp, insgesamt schwer zu beschreiben. Und es gibt sogar noch eine fünfte Laufart, also für euch Gangart: den „Pass“. Da scheinen manche Islandpferde fast abzuheben – und zu fliegen. Wie Einhörner.

Was, ihr glaubt mir nicht? Dann schaut euch das ruhig mal irgendwo mit euren Eltern an. Bestimmt wollt ihr noch einwenden, es gäbe gar keine Einhörner. Das mag ja sein. Ich habe selbst noch nie eines gesehen. Aber Weihnachten würde ich sehr gerne mit einem Einhorn feiern, das wär schon was. Wir könnten dann zusammen einen Weihnachtsbaum über die Wiese ziehen, das würde mir großen Spaß machen. Und dem Einhorn bestimmt auch.

14

DIE GANS

Ich kann euch zunächst genau sagen, wie ich kein Weihnachtsfest verbringen möchte: Nämlich als Weihnachtsbraten in eurem Backrohr! Ich muss das in aller Deutlichkeit so festhalten, bestimmt habt ihr Kinder nämlich Verständnis dafür. Ich verstehe natürlich, dass man zu Weihnachten etwas besonders Leckeres essen mag, aber muss das eine Gans sein? Ein Weihnachtskarpfen tut es doch auch, oder? Schweinsbraten vielleicht? Ein Truthahn? Soll mir alles recht sein, aber bitte keine Weihnachtsgans! Ich will jetzt bestimmt nicht komisch rüberkommen, wir Gänse sagen ja immer alles frei heraus, wie uns der Schnabel eben gewachsen ist. Und es ist für mich in Ordnung, dass Menschen Tiere essen. Damit habe ich an sich gar kein Problem. Tiere essen schließlich auch andere Tiere. Aber wie gesagt, bitte keine Gänse mehr zu Weihnachten. Von mir aus Enten, das geht für mich schon wieder in Ordnung. Darf ich aber auch nicht zu laut vor einer Ente von mir geben, klar.

Dürfte ich euren Weihnachtsbaum schmücken, ich würde ihn ja mit Federn verzieren. Nicht nur Gänsefedern. Ich würde alle Federn aller Vögel aus der Umgebung im Garten und Wald sammeln, und sie in euren Baum stecken. Dann könnten wir gemeinsam raten, welche Feder zu wem gehört. Das ist gar nicht so einfach, wie man vielleicht glaubt. Ach, das wäre

schön, so ein prächtiger Weihnachtsbaum voller Federn. Dazu noch etwas Kerzenschein. Und als Weihnachtsessen für mich etwas Mais. Mais habe ich gesagt, keine Mäuse. Und frisches Gras. Und Fallobst. Oh ja, Gänse lieben Fallobst. Ich brauche euch natürlich nicht zu erklären, was das ist. Na gut, ich gehe lieber auf Nummer sicher; das ist also Obst, das von einem Baum nach unten fällt. Und dann auf dem Boden herumliegt und dort „schnabeln" Gänse gerne daran herum. Erwachsene Gänse wohlgemerkt. Gänseküken essen am liebsten Weißbrot mit hart gekochten Eiern. Ist echt wahr! Dazu fein zerkleinertes Grünzeug, am liebsten Löwenzahn und Brennnessel.

Wildgänse verbringen das Weihnachtsfest für gewöhnlich in Afrika, die mögen es im Winter gerne warm. Ich persönlich finde es im Winter hier in Europa auch ganz okay.

Wenn ich mir vorstelle, ich müsste jeden Winter nach Afrika fliegen, das klingt ziemlich gefährlich und anstrengend. Dafür kann man dort dann natürlich das Weihnachtsfest mit vielen exotischen Tieren feiern. Mit Elefanten. Mit Löwen. Mit Gazellen. Und mit Nilpferden. Und sogar Krokodilen. Das stelle ich mir wiederum echt aufregend vor.

Nur Nadelbäume gibt es in Afrika so gut wie keine! Könnt ihr euch etwa ein Weihnachtsfest mit einem Laubbaum vorstellen? Also ich nicht. Das passt doch so gar nicht zusammen.

In Äthiopien wird das Weihnachtsfest (wie auch in vielen anderen Ländern) übrigens am 7. Januar gefeiert. Und meistens gibt es Gemüseeintopf und Sauerteigbrot dazu.
So gefällt mir das! Keine Gans! Diese Äthiopier*innen haben echt gute Manieren.

15

DER KRAKE

Ob Kraken auch Weihnachten können? Will das wirklich jemand ernsthaft anzweifeln? Kraken können schließlich alles, was sie nur wollen, auch wenn man meinen könnte, im Ozean werde kaum oder nur äußerst selten Weihnachten gefeiert – das ist natürlich Humbug. Außerdem kann sich ein Krake locker in einen Weihnachtsbaum verwandeln, das ist sogar eine meiner leichtesten Übungen. Kraken können nämlich alle Formen und Farben annehmen, falls ihr das noch nicht gewusst habt. Über uns werden außerdem regelmäßig Bücher geschrieben, da könnt ihr total viel darüber nachlesen. Scheinbar gibt es da schon wieder ein neues mit dem Titel „Faszination Krake" – ich habe den Autor gleich mal spontan eingeladen, mit mir Weihnachten zu feiern und mir daraus vorzulesen; ich bin schon gespannt, ob sich der in den Ozean traut.

Meistens habe ich ja zu Weihnachten gar keine Zeit, weil ich da beruflich echt eingespannt bin. Ich arbeite nämlich unter anderem als Weihnachtsbaumimitator. Ihr müsst bedenken, die meisten Meerestiere haben unter Wasser natürlich keinen Zugang zu echten Weihnachtsbäumen, ist doch logisch. Und da komme dann ich ins Spiel – und imitiere täuschend echt Weihnachtsbäume. Es besteht da mittlerweile so großer Bedarf danach, dass ich etliche andere Kraken einstellen musste, um dieses Weihnachtsgeschäft

weiter betreiben zu können. Ich kann ja schließlich nicht überall sein. Außerdem wollen alle unterschiedlich große Weihnachtsbäume, das ist wie bei euch Menschen – manchen reicht ein kleiner Baumknirps, andere wollen fast schon Mammutbäume (die gibt es wirklich!). Bei diesen ganz großen Baumimitaten, schicke ich einen Kollegen los, den Pazifischen Riesenkraken. Der kann Weihnachtsbäume bis zu einer Höhe von zwölf Metern nachstellen. Der wäre vermutlich schon etwas zu hoch für euer Wohnzimmer, ist ja vielleicht eher was für den Stadtplatz. Bei noch größeren Bäumen können auch mehrere Kraken zusammenarbeiten – die klettern dann aufeinander, bis die gewünschte Baumhöhe erreicht ist.

Und bevor ihr nachfragt – natürlich könnt ihr uns Kraken für das Weihnachtsfest buchen. Es wäre mir eine besondere Ehre, bei euch zu Hause einen Weihnachtsbaum zu imitieren. Ihr würdet ganz schön staunen, was ich alles drauf habe. Meine Weihnachtsbaumimitationen sind gut drei Meter hoch. Das passt bestimmt in euer Wohnzimmer, oder? Vielleicht würde ja euren Eltern auf den ersten Blick gar kein großer Unterschied auffallen – ob es sich nun um einen echten oder unechten Weihnachtsbaum handelt.

Ab und an müsstet ihr mich freilich mit etwas Salzwasser besprühen, damit meine Haut nicht austrocknet. Und ihr müsstet mich natürlich füttern – am liebsten mit Garnelen, Krebsen und Muscheln. Außerdem sind meine Arbeitszeiten am 24. Dezember klar geregelt: von 15-23 Uhr. Danach mache ich eine Pause in eurer Badewanne, die ihr mit Salzwasser befüllt.

ALLES KLAR? SIND WIR IM GESCHÄFT?

Und falls ich euch zu teuer sein sollte, dann bucht eben ein Chamäleon.

16

DER WOLF

Keine Ahnung, warum wir Wölfe so einen schlechten Ruf genießen. Diese ganze Sache mit dem Rotkäppchen vielleicht? Ach, das sind doch Märchen, Fake News! Ich kenne Rotkäppchen selbstverständlich höchstpersönlich, wir begegnen einander schließlich regelmäßig im Wald, grüßen uns freundlich und haben sogar schon mal Weihnachten zusammen gefeiert. Ich habe mal einen Film über das Rotkäppchen gedreht, dazu könnt ihr dann mehr beim Eichhörnchen nachlesen. Vielleicht kommt ja das mit dem schlechten Ruf deshalb, weil Wölfe ab und zu ein paar Schafe essen. Habt ihr schon mal einen Burger gegessen? Na ja, dann versteht ihr mich vielleicht. Und Menschen essen ja auch Schafe, ich versteh's also wirklich nicht. Außerdem bin ich doch eindeutig der allercoolste Typ im Wald.

Wäre ich ein Mensch, ich wäre bestimmt Rockmusiker oder so. Gitarren! Oh Gitarre spielen, das wäre schon was. Ist leider schwer umzusetzen mit meinen Pfoten. Aber eine Kamera halten, das kann ich – das wird euch das Eichhörnchen bestätigen! Und bin ich nicht viel cooler als ein Fuchs oder Bär? Oder Fischotter? Oder Uhu? Mit dem Dickvogel habe ich unlängst sogar über Weihnachten diskutiert, wie der so dazu steht et cetera. Es ist echt wahr, der mag das Weihnachtsfest gar nicht – ist ihm zu laut. Und zu hektisch. Kein Wunder, dass es heißt: Jedem Tierchen sein Pläsierchen. Ich

jedenfalls steh total auf Weihnachten. Alle Wölfe tun das, soviel ich weiß, wir können gar nicht genug von Weihnachtsfestivitäten bekommen. Schon klar, es gibt auch bei uns ein paar schwarze Schafe. Die haben in diesem Zusammenhang schon das eine oder andere auf dem Kerbholz.

Ein Cousin von mir zum Beispiel (ich nenne mal lieber keine Namen), der bricht gerne zu Weihnachten in fremde Häuser ein; ich weiß schon, das ist verboten. Und dort setzt der sich dann vor den Weihnachtsbaum und heult ihn an. Ganz leise natürlich, aber er ist sehr, sehr, sehr ergriffen von diesem Anblick. Weihnachtsbäume glitzern ja beinahe so schön wie der Vollmond; da kann ich für meinen Cousin durchaus Verständnis aufbringen. Er macht außerdem nichts kaputt im Haus oder so, er klaut auch keine Sachen, falls ihr das denkt, und ihr schlaft ja sowieso tief und fest, und bekommt von alldem nichts mit. Na gut, manchmal nascht er schon etwas von euren Weihnachtskeksen, aber wer will ihm das verübeln. Mein Cousin kann übrigens sonst wirklich keiner Fliege etwas zuleide tun, da müsstet ihr euch gar keine Sorgen machen. Der würde vor Schreck davonlaufen, solltet ihr ihn vor dem Weihnachtsbaum erwischen. Ich persönlich würde ja lieber ganz offiziell an eure Tür klopfen – mit Rotkäppchen und dem Eichhörnchen im Schlepptau. Dann könnten wir doch das Weihnachtsfest offiziell zusammen feiern, vielleicht sogar gemeinsam den Weihnachtsbaum anheulen? Und mein Cousin käme auch mit, der müsste dann nirgendwo mehr einbrechen. Der ist eh schon so gestresst.

Könnt ihr übrigens so gut heulen wie wir?

AOUUUUUUUUUUUUUUUUUUUH!

AOUUUUUUUUUUUUUUH!

Übt schon lieber mal, damit das dann zu Weihnachten nicht peinlich wird, wenn wir gemeinsam loslegen. Und bitte, die Gitarren bereit legen!

17

DER FUCHS

Dieser Wolf auch, was haltet ihr eigentlich von dem Typen? Klingt natürlich absolut nicht schlecht im Wald, so ein Wolfsgeheul. Aber unter dem Weihnachtsbaum? Ehrlich? Ich weiß wirklich nicht. Wir Füchse mögen im Unterschied zu den Wölfen keine Gitarren, wir stehen mehr auf Klassik. Klavier. Cello. Geige. Wohl temperiert. So was eben. Kennt ihr den „Karneval der Tiere“ vom französischen Komponisten Camille Saint-Saëns? Das ist ein tolles Musikstück, das muss ich euch wirklich ans Herz legen. Lässt sich ganz wunderbar zu Weihnachten hören, ich könnte mir kaum was Passenderes vorstellen. „Peter und der Wolf“ von Sergei Prokofjew ist vermutlich auch nicht übel, also rein melodisch. Die Geschichte zeigt den Wolf leider wieder mal als Bösewicht, das ganze Leben ist irgendwie voller Klischees. Ich meine, der Wolf ist jetzt nicht unbedingt mein Freund, andererseits müssen wir Tiere zusammenhalten.

Aber genug davon. Füchse sind viel spannender, die gelten auch bei euch als schlau – oder verschlagen. Das ist natürlich ein großer Unterschied! Als schlauer Fuchs ist es mir wahrlich eine große Ehre, Weihnachtsfeste auszurichten. Da ist freilich viel Gespür vonnöten, jede Kleinigkeit muss schließlich stimmen. Ich fürchte, ich bin da wirklich ein Perfektionist. Der Baum darf also nicht zu groß und nicht zu klein sein. Er darf nicht zu wenige,

aber nicht zu viele Äste haben. Das Wohnzimmer muss selbstverständlich in den richtigen Farben dekoriert werden, überall braucht es Kerzen und Weihnachtskekse. Es hat nach Zimt und Vanille zu duften. Und jeder Baum braucht ein goldenes Glöckchen, das fröhlich vor sich hin bimmelt. Ein Plattenspieler ist freilich noch viel besser. Aber bitte nicht mehr dieses „Last Christmas" von Wham spielen, das kann ich echt nicht mehr hören. Und alle von euch müssen, das ist außerordentlich wichtig, fein angezogen sein – es geht schließlich gar nicht, dass man zu Weihnachten im Pyjama im Wohnzimmer herumsitzt. Anzug und Krawatte, Kleider und Hütchen, so geht das. Und der Tisch muss ordentlich gedeckt und dekoriert sein, es braucht die richtigen Gläser und das passende Besteck. Und ohne Namenskärtchen und Sitzordnung wäre alles eine Barbarei.

Falls jemand von euch im Übrigen richtig schick gekleidet sein will, dann empfehle ich, einen lebendigen (!) Fuchs um den Hals zu tragen. Das ist zweifelsohne der schönste und aufregendste Schal der Welt. Und so ein „Schalfüchslein“ darf dann vielleicht auch beim Essen mitnaschen, oder? Oh ja, ganz genau so stelle ich mir ein perfektes Weihnachtsfest vor! Gegen ein paar Hühnchen als Gesellschaft hätte ich wohl auch nichts einzuwenden.

Und falls der Schnee ausbleibt, dann könnten wir doch gemeinsam die Federn aus eurer Bettwäsche zerren, und diese überall im und vor dem Haus in die Luft werfen, und es quasi selbst „schneien“ lassen? Toller Einfall, oder? Selbstverständlich rede ich im Vorfeld mit eurer Mutter darüber, das geht schon klar, versprochen.

18

DER HASE

Letztes Jahr habe ich zu Weihnachten bei einem Fenster hineingelugt, und da saß tatsächlich eine Familie am Tisch, und alle warteten auf das Essen, das war überdeutlich zu erkennen, und dann kam der Vater mit einer großen, bestimmt auch sehr heißen Backform herein (er trug Handschuhe!) und rief fröhlich: „Hier ist er also, der ‚Falsche Hase‘! Frohe Weihnachten!“ Und ich konnte zunächst gar nicht fassen, was ich da gehört hatte, ein „falscher Hase“?

Also bitte, es gibt doch nur echte Hasen in dieser Welt, jedenfalls draußen im Wald und in den Wiesen. Ich konnte folglich nicht einfach weiterhoppeln, die Sache ließ mir einfach keine Ruhe, und ich musste einen genaueren Blick auf den „falschen Hasen“ werfen. Zum Glück lag ein Stapel Holz neben dem Fenster, ich konnte also bequem hinaufhüpfen, und schon bald drückte ich mir mein Näschen am Fenster platt. Nicht, dass wir Hasen nicht schon von Natur aus platte Näschen hätten, aber das ist ja auch ziemlich hübsch. Alle die ich kenne, halten unsere Nasen für niedlich. Und erst unsere großen Augen und das Stummelschwänzchen, aber das tut jetzt klarerweise nichts zur Sache.

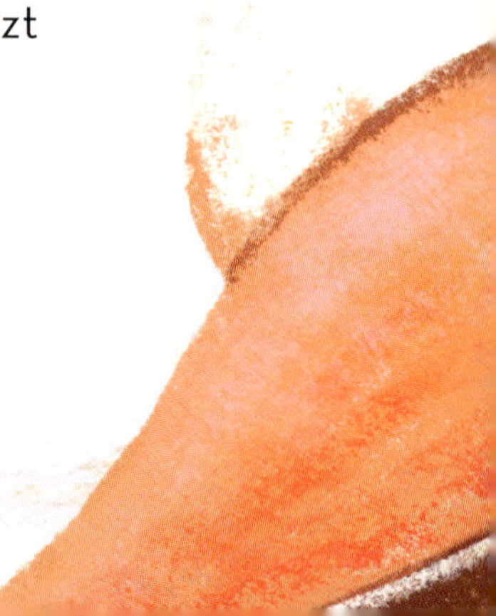

Das Fenster war jedenfalls ein klein wenig angelaufen, schließlich war es draußen richtig kalt und drinnen ziemlich warm, da kann so etwas schon passieren.

Der „falsche Hase“ wurde in der Mitte des Tisches abgestellt, schwer zu sagen, was das eigentlich für ein Tier war. Für mich sah es ja nach Hack- oder faschiertem Braten aus. Könnte es sein, dass die Menschen einen Braten tatsächlich als „falschen Hasen“ bezeichnen? Echt rätselhaft. Könnte ja sonst auch „falscher Löwe“ oder „falsche Ziege“ heißen. Ich kann die Logik der Menschen oft nicht wirklich nachvollziehen. Eines der Kinder am Tisch blickte plötzlich zum Fenster – und sah mich offenbar. Es winkte. Und ich winkte natürlich, höflich wie ich war, zurück. Ich wackelte sogar mit den Hasenohren, und das Kind lächelte glücklich. Das konnte übrigens mit dem „falschen Hasen“ auch nicht sonderlich viel anfangen, es aß nur Gemüse. So wie ich. Ach, die Kinder und ich, wir verstehen uns ja ziemlich gut.

ICH SPRANG WIEDER NACH UNTEN.

EIGENTLICH HÄTTE ICH WIEDER IM WALD VERSCHWINDEN SOLLEN. DOCH ES WAR SCHLIESSLICH WEIHNACHTEN.

Ich beschloss spontan an der Türe zu klopfen, wir Hasen können nämlich ziemlich gut wo anklopfen mit unseren starken Hinterbeinen. Ich klopfte laut – und die Tür öffnete sich tatsächlich. Der Vater sah mich mit großen Augen an, der andere Vater (oh ja, hier gab es gleich zwei davon, wie cool!) blickte ungläubig vom Tisch zu mir herüber, aber die Kinder liefen sofort los – und reichten mir eine Karotte. Das war das schönste Weihnachtsfest, das ich jemals erleben durfte. Und ich habe es wirklich einem „falschen Hasen“ zu verdanken, Sachen gibt's!

19

DAS WIESEL

Ui, bin ich heute schnell unterwegs, wieselflink, wieselflinker, am wieseflinkesten, schneller noch als ein geölter Blitz, ich sause durch den Wald, bin nämlich wieder mal spät dran, so ganz unter uns, oh je, spät dran zu sein zu Weihnachten, das sieht natürlich niemand gern, vor allem wenn die anderen mit dem Essen und den Geschenken auf einen warten. Ich lauf ja schon so fix, wie ich kann, meine Füßlein berühren gar nicht mehr den Boden, uff uff uff. Mamawiesel wird bestimmt wieder mit mir schimpfen, wo ich mich bloß herumgetrieben habe. Und Papawiesel erst, ojemine.

Natürlich habe ich mir bereits die eine oder andere Ausrede überlegt, damit ich nicht ganz so schlecht dastehe. Ich könnte vielleicht sagen, der Bus hatte mal wieder total Verspätung, oder? Ich könnte vielleicht behaupten, ich war zu lange im Fitnesscenter und habe am Laufband die Zeit übersehen. Nein, jetzt habe ich es, der Pilot in meinem Flugzeug ist in Ohnmacht gefallen und ich musste das Flugzeug für ihn landen, wofür mir die Passagiere überaus dankbar waren, und ich musste danach sogar am Flughafen der versammelten Weltpresse ein Interview geben, viele Hände schütteln, und der ganze Vorfall wurde sogar als „Weihnachtswunder“ tituliert, die Schlagzeile lautete „Wiesel rettet Hunderte Menschenleben“! Jedenfalls, bis ich dann nach all den Aufregungen aufbrechen konnte, war ich logischerwei-

se megaspät dran, wen würde das auch verwundern. Na gut, Papawiesel würde mir die Geschichte möglicherweise sogar abkaufen, aber Mamawiesel? Nie und nimmer. Die sagt mir höchstens, ach Rudiwiesel, du bist als Kind mal von der Wieselschule geflogen, das schon, aber du und ein Flugzeug lenken? Ha! Ich meine, es ist ja vielleicht gar nicht schlecht, wenn man so eine wieselschlaue Wieselmama hat, aber echt auch anstrengend. Glaubt mir!

Ausnahmsweise könnte ich es vielleicht mit der Wahrheit probieren, dass ich im Menschenhaus die Zeit verlor, eigentlich ja die Zeit vergaß, aber ich verliere ständig etwas, vermutlich also auch die Zeit. Ich habe einfach nur die Menschen dabei beobachtet, wie die dort Weihnachten feiern, das war wie ins Kino zu gehen. Die Stimmung, ich sag's euch, die Stimmung war schon sehr besonders. Beinahe schon oscarverdächtig. Und dann schlägt plötzlich die Uhr, ich zähle sogar noch kichernd mit, es ist tatsächlich acht Uhr abends, mon dieu! Ich muss nach Hause, sofort, die warten ja alle auf mich! Also laufe ich los, und laufe, und laufe, und laufe, ui ui ui!

DIE SCHILDKRÖTE

Die Yara ist so umsichtig, sie füttert mich jeden Tag mit frischen Salatblättern. Sie weiß, grüner Kopfsalat, das ist eindeutig meine Lieblingsspeise. Alle Schildkröten lieben schließlich grünen Salat, ihr doch bestimmt auch? Allerdings, Yara hat mir einen wirklich unaussprechlichen Namen verpasst: „Kassiopeia". Ich tu mir ziemlich schwer damit, den richtig auszusprechen, für uns Schildkröten ist das ein echter Zungenbrecher.

Außerdem sprechen wir für gewöhnlich viel langsamer als die Menschen, unser „Lebenstempo" ist nämlich ein völlig anderes. Ist ja auch viel gemütlicher so!

KAAAAAAAAASSSSSSSIIIIIIIIIIIIIIIIIIIIIIIOC

Uff, so lange dauert es ungefähr, wenn ich meinen Namen selbst aussprechen muss. Kein Wunder, dass mich alle meine Freund*innen lieber nur Kasi nennen. Das geht wesentlich schneller. Aber bitte niemals „Käsi", da verstehe ich keinen Spaß! Ich habe ja gehört, „Kassiopeia" ist angeblich ein Sternbild hoch oben am Himmel, das sich aus fünf Sternen zusammensetzt, die ein großes „M" oder „W" bilden. Je nachdem, von wo aus man hochblickt. Also „M" wie „Mo" (Abkürzung von Monika zum Beispiel). So hätte mich die Yara vielleicht auch nennen können. Oder „W" wie „Wa" (Abkürzung von Wanda natürlich). Ich habe da erst zufälligerweise mal beim Vorbeikrabbeln im Fernsehen einen Film gesehen, der hieß wirklich „Ein Fisch namens Wanda". Ich bin eine Weile davor gesessen und habe ständig auf diesen Fisch gewartet, der Wanda heißt, na ja, aber der kam nie. Ein schöner Name ist Wanda natürlich trotzdem.

Wir Schildkröten halten im Winter eigentlich Winterschlaf, aber zu Weihnachten holt mich die Yara gerne aus meiner Schlafkiste, das Weihnachtsfest will ich nämlich auf keinen Fall versäumen. Dann bekomme ich meistens etwas Glitter auf meinen Schildkrötenpanzer gestreut – und uuuuur viel Salat. Nur die Sache mit diesem Weihnachtsbaum verstehe ich so gar nicht. Ich meine, der ist zwar hübsch grün, und Grün ist nun mal die allerschönste Farbe der Welt, aber er pikst und sticht und schmeckt vor allem wirklich fürchterlich.

OOOOOOOOPPEEEEEEEEIIIIIIIAAAAAAA!

Warum kann man nicht statt eines Nadelbaumes einfach einen riesigen Salatkopf ins Wohnzimmer stellen? Das wäre doch viel schöner, oder? Wir könnten den auch mit Kerzen und Girlanden garnieren. Er ist außerdem viel weicher und anschmiegsamer, endlich ein Weihnachtsbaum, mit dem man lange kuscheln kann. Ich muss das der Yara jetzt echt mal vorschlagen. Es wäre außerdem viel praktischer, weil man einen Salat bequem ins Haus rollen kann. Ich sag's euch, so ein Salatkopf rollt viel besser als ein Baum. Niemand müsste den mühsam schleppen.

Ihr seht, es hätte wirklich nur Vorteile!

21

DIE KOHLMEISE

Hallo, ist da jemand? Ah ja, ihr hört schon zu. Gut so. Ist das Mikro wirklich an? Klopfklopf. Kleiner Scherz. Obwohl, so ein Headset stünde mir bestimmt total gut! Egal, zuerst möchte ich unbedingt etwas loswerden: Ich bin nämlich äußerst unglücklich mit meinem Namen. Kohlmeise. Ich meine, das klingt nach einem grünen Kohlkopf. Ja, klar habe ich grüne Federn, aber ihr hättet mich ja auch Fichten- oder Tannen- oder Smaragdmeise oder so nennen können. Und lieber gar nicht erst behaupten, dieser Name war schon vergeben. Smaragdeidechse. Ich meine, natürlich heißt die so. Aber da wäre bestimmt noch eine Fichten- oder Smaragdmeise drin gewesen.

Aber es wird noch schlimmer! Mein Name hat gar nichts mit Kohlköpfen zu tun, die Menschen glauben tatsächlich, mein schwarzes Köpfchen (besser gesagt mein Scheitel) ist so etwas wie ein Kohlestück. Kohle. Pfui. Schwarz und schmierig. Und erst meine liebe Freundin, die Blaumeise. Heißt es bei euch nicht etwa, Herr Soundso ist wieder blau? Einige Tiere im Wald glauben jetzt ständig, meine Freundin hätte ein kleines Alkoholproblem. Und hieße deshalb „Blaumeise“. Das ist natürlich alles kompletter Unsinn.

Könntet ihr euch nicht für uns beide einen besseren Namen einfallen lassen? Das wäre das schönste Weihnachtsgeschenk! Ja, natürlich

lieben wir Weihnachten, wo denkt ihr hin. Von mir aus könnte das ganze Jahr über Weihnachten sein, wobei – da gibt es deutlich weniger Futter für uns in der freien Natur. Zum Glück gibt es mittlerweile viele liebe Menschen, die ein Vogelfutterhäuschen im Garten aufgestellt haben. Dort schauen wir regelmäßig vorbei – und essen, was das Zeug hält! Bestimmt habt ihr mich und die Blaum… äh, meine Freundin, die himmelsblaue Flügelgöttin, schon bei so einem Häuschen gesehen, oder? Wir sind an sich gar nicht mal scheu, und wenn ihr ruhig seid, könnt ihr uns dort total gut beobachten.

Wisst ihr eigentlich, was meine Lieblingsspeise ist? Also wenn ich es mir aussuchen könnte? Dann würde ich am liebsten Sonnenblumenkerne in mich reinstopfen. Die schmecken echt lecker, ich könnte die den ganzen Tag essen, bis ich nicht mehr fliegen kann. Können wir nicht mal zusammen ein Weihnachtsfest feiern, wo man die doofe Tanne im Wald lässt – und stattdessen stellen wir ein paar Sonnenblumen im Wohnzimmer auf?

Da würde ich dann gerne dazu eingeladen werden. Und ich esse wirklich nicht alles auf, VERSPROCHEN!

22

DER BÄR

Wisst ihr, wie das Weihnachtsfest wirklich entstanden ist? Ich hoffe ja, ihr habt nicht diesen Unsinn vom Esel und Igel geglaubt! Ich erzähl's euch: Vor langer, eigentlich schon sehr langer Zeit ist ein großer Bär gegen einen Baum gelaufen. Keiner weiß mehr warum, ich meine, manche Bären sind ziemlich kurzsichtig, das ist so wie bei euch Menschen; kann also durchaus daran gelegen haben, dass der Bär einfach nur eine Brille hätte tragen müssen.

Jedenfalls, der Baum, eine riesige Fichte, um genau zu sein, ächzte und knarrte nach diesem Zusammenprall, aller Schnee kippte plötzlich von seinen Ästen, und danach fiel der Baum selbst, also er stürzte wirklich einfach um, ohne dass es der Bär noch irgendwie hätte verhindern können. Der brüllte dafür umso lauter: Baum fällt, Baum fällt, damit bloß niemand verletzt wird, und dann machte es ordentlich „Bumms" und „Wumms", und der Baum lag auf dem Boden. Dem Bär tat dieses Missgeschick natürlich unglaublich leid, schließlich liebte er Bäume und wusste, wie wichtig sie für alle Lebewesen waren. Er weinte bitterlich. Und weil es schließlich Winter und er ein echt großer Bär war, gefroren seine Tränen zu riesigen Eistropfen. Ein ziemlicher Haufen lag schon bald zu seinen Bärenfüßen. Und die sahen wirklich wie funkelnde Weihnachtskugeln aus, ganz ehrlich. Unser Bär beschloss, das Beste daraus zu machen, keinesfalls wollte er den Baum einfach liegen lassen.

Also packte er ihn mit seinen starken Tatzen und Bärenkrallen, rammte ihn zurück in den Boden (ein kräftiger Bär kann das) und begann danach, den Baum mit den gefrorenen Tränen zu schmücken, alle Fichtenäste bekamen ordentlich was ab. Und weil es eine klare Vollmondnacht war, erstrahlten diese wie richtige Weihnachtskugeln, und sofort blieben auch schon die ersten Tiere stehen, die den Baum bestaunten. Und irgendwer (ich glaube, ein Dachs war es) fragte erstaunt, was das alles soll, und der Bär antwortete nur: Das ist Weihnachten – und das feiern wir fortan jedes Jahr an diesem Tag. Die kluge Eule hatte sogar den genauen Kalender im Kopf, sie bestätigte es: Okay, also von jetzt an am 24. Dezember? Und der Bär brummte beipflichtend.

So ist Weihnachten wirklich entstanden, wir Braunbären zelebrieren es seitdem jedes Jahr. Ich persönlich würde ja schrecklich gerne mal mit den Menschen zusammen Weihnachten feiern, lustigerweise haben sich die auch den 24. Dezember dafür ausgesucht. Vielleicht waren Menschen und Bären früher mal viel enger befreundet? Als die Menschen noch im Wald und nicht in den vielen Häusern lebten.

Ich weiß auch schon, wie wir zusammen den Baum schmücken könnten – mit ganz vielen Teddybären! Überall auf jedem Ast könnte ja vielleicht ein Plüschbär sitzen, das sieht bestimmt schick aus.

UND WIR SCHENKEN UNS GEMEINSAM EINE BADEWANNE HONIG. MNJAM, MNJAM!

23

DAS EICHHÖRNCHEN

Schon als Kind wollte ich zum Film, ein echter Star sein, schließlich war ich das hübscheste Eichhörnchen in unserem Wald. Und auch die Mama sagte immer, dass sie noch nie so ein schönes Eichhörnchen wie mich gesehen hatte, was sich vermutlich in Wahrheit jede Mama über die eigenen Kinder denkt. Aber bei mir war das definitiv anders, spätestens nämlich, als andere Eichhörnchenmamas und überhaupt andere Tiere im Wald über mich zu sprechen begannen, dass ich so ein strahlendes, rotes Fell hätte, dass ich so umwerfend und talentiert, witzig und charmant wäre, dass ich ... na ja, ich mag ja nicht, dass ihr jetzt denkt, ich würde nur prahlen ...

Jedenfalls habe ich dann beschlossen, wirklich nach Hollywood zu gehen. Na ja, nicht das Hollywood, das ihr kennt natürlich, aber „wood" ist schließlich überall „wood", also Wald, und meinen ersten Film habe ich gleich mal mit dem Herrn Wolf produziert, das war wirklich lustig. Der drehte damals einen Streifen namens „Rotkäppchen" und befand sich auf der Suche nach einer Hauptdarstellerin. Ihr müsst euch vorstellen, der konnte kaum wen finden, der ein rotes Fell hatte! Im Drehbuch trägt dieses Rotkäppchen nämlich einen roten Umhang, in der Version von Herrn Wolf musste das Rotkäppchen ein rotes Fell haben; nur eine Füchsin und ich blieben nach diversen Vorsprechen übrig. Ich meine, da hatten sich tatsächlich auch Rehe, Buntspechte und so

weiter beworben, nicht auszudenken, die waren doch wirklich alles andere als geeignet für diese Rolle. Um es kurz zu machen: Ich bekam die Hauptrolle, und der Film wurde sogar ein Riesenerfolg!

Auch unser Happy End kam bei den Zuschauer*innen gut an, wo ich mit dem Wolf nämlich nach Hawaii abhaue, um dort unter Palmen Weihnachten zu feiern, aber ich will mal gar nicht zu viel verraten. Freilich konnten wir unsere Schlussszene nicht auf dem echten Hawaii drehen (wäre viel zu teuer gewesen), ein Waldtümpel wurde dementsprechend umdekoriert. Die Frösche tanzten Hula, und die Krähen ließen Blumen herabregnen, ja wir hatten sogar ein paar Wildschweine engagiert, die immer wieder ins Wasser sprangen, um für Wellengang zu sorgen, schließlich sollte es so etwas wie „Meeresbrandung" geben, während mich der Wolf endlich kü … äh, wie alt seid ihr nochmal? Ist Küssen schon okay? Dann könnt ihr euch den Film natürlich später selbst ansehen!

Der Wolf und ich feiern übrigens seitdem Weihnachten öfter zusammen, ist fast schon zu einer Art Tradition geworden. Wir laden auch ur viele andere Tiere ein, im Grunde alle, die mal mit dem Wolf Filme gemacht haben. Ich schreibe schicke Weihnachtskärtchen (ich verfüge nämlich über eine schöne Handschrift), der Wolf beißt dann mit seinem Eckzahn ein Loch hinein (im Grunde kann er ganz toll jedes Papier lochen – kennt ihr überhaupt Papierlocher??), und wir hängen diese den

Tieren direkt auf die Zweige vor ihre Behausungen. Da freuen sich alle sehr! Und tanzen auch brav am 24. Dezember an – mit Geschenken und guter Laune. Wir reden dort viel über neue Filmprojekte, Herr Wolf möchte neuerdings einen weihnachtlichen Tanzfilm drehen („Der mit dem Wolf steppt"), ich übe lieber schon mal fleißig.

Ach ja, und das Allerschönste für mich wäre, wenn ich dabei ja vielleicht auf eurem Weihnachtsbaum hochklettern dürfte? Bis ganz nach oben, um dort zu tanzen, und einen schicken Weihnachtsstern hochzuhalten? Oh Mann, das wäre echt spitze! Macht ihr mit? Wir tanzen auch gemeinsam um den Weihnachtsbaum, vielleicht steppen wir ja sogar etwas. Was?? Ihr kennt das Wort „steppen" gar nicht? Also, es waren einmal ein Nilpferd und ein Krokodil, die steppten zusammen in der Steppe und …

FILM AB!

24

DIE KUH

Wumm. Wumm. Wumm. Wumm. He, kennt ihr eigentlich DiscoKUHgeln? Ja? Und mir bitte jetzt nicht erklären wollen, dass man das eigentlich ganz anders schreibt. Mir ist ja schließlich nicht die Milch zu Kopf gestiegen. Ich weiß schon, dass man das anders buchstabiert, aber wir Kühe haben eben DiscoKUHgeln! Klaro? Zu Weihnachten wird nämlich richtig abgetanzt, Party, Party, oben auf der Almhütte! Da geht's ordentlich zur Sache, wir tanzen und trinken die ganze Nacht (und nicht nur Milch), am beliebtesten sind ja Muuhcktails. Jedes Tier, das ich einlade, darf sich nämlich einen besonderen Muuhcktails wünschen. Mein Freund, der Rudi, der ist ein großartiger Barmixer, ich meine, der bereitet sich richtiggehend darauf vor. Und dann macht er voll die leckeren „Butterfly Flips" (das trink der Waschbär gern), „Gulfstreams" (für die Fruchtfliegen), „Kilimanjaros" (eine Sache für die Mufflons), „Milch Punchs" (eh klar, für die Ziegen) oder „Swimmingpools" (für die Goldschakale). Was? Ihr glaubt nicht, dass bei uns in Europa Goldschakale leben? Na, da würdet ihr euch wundern, sind erst unlängst zugezogen!

Und ich? Ich lege natürlich die ganze Nacht Musik auf, DJ KUHL heiße ich dann. Na gut, die anderen nennen mich meistens Frieda, aber als DJ braucht man immer ein Pseudonym. Bevor alle zur Weihnachtsparty kommen, deponieren sie Musikwünsche. Es ist mir echt wichtig, dass jede*r unserer Gäste zu Weihnachten seinen Lieblingssong hören und zu diesem ein Tänzchen wagen kann. Ist echt krass, wie unterschiedlich die Tiere tanzen. Der Maulwurf zuckt eher nur mit dem Kopf, der Steinbock schwingt seine Hüften, das Murmeltier steht auf Breakdance (glaubt mir das einfach!), und die Adler wollen immer nur Tango. Da bleibt mir jedes Mal fast das Herz stehen – Adler, die Tango tanzen? Oh Mannomann.

Und die Dohlen wollen immer ABBA hören, echt wahr. Dabei dachte ich früher, die hören ausschließlich Depeche Mode. Was? Ihr kennt Depeche Mode nicht? Na vielleicht wird das besser später! Falls ich euch einlade, dann überlegt lieber gleich mal, was für einen Song ihr zu Weihnachten gerne hören würdet.

VIELLEICHT JA ETWAS VON KUH AND THE GANG?

Ja ja, ich weiß, falsch geschrieben!

Schon wieder. Ihr nehmt es aber wirklich ganz genau.

Eine Live-Band wäre natürlich auch was, dann könnte ich mich mal entspannen, es ist nämlich durchaus Arbeit, die ganze Nacht am DJ-Pult zu stehen. Vielleicht ja eine Band aus VanKUHver?

FROHE
WEIHNACHTEN

DER AUTOR

Und meine persönliche Idee fürs Weihnachtsfest? Glühwürmchen, ganz eindeutig Glühwürmchen, die jeden Quadratzentimeter meines Weihnachtsbaumes bedecken! Das wäre so richtig was fürs Auge. Ihr müsst wissen, ich lasse meinen Weihnachtsbaum ziemlich lange zu Hause stehen, der trocknet dabei richtig aus, und er würde bestimmt Feuer fangen. Glühwürmchen wären also, wenn ich's bedenke, die allerbeste Lösung!

Ich verrate euch, was da so bei mir im Tannenbaum hängt (und aus Glas ist): Ein Pottwal, ein Weißer Hai, ein Tiefseekalmar, ein Elefant, die Titanic, ein Fuchs, sehr viele Frösche und Nilpferde, Garnelen, richtig viele Fliegenpilze, Catwoman, Graf Dracula, viele Krampusse, einige Eulen, ein Ara, ein Eisvogel, mehrere Astronauten, einige Raubkatzen, ein Nashorn, eine Forelle, ein Hecht, ein Specht, ein Rabe, ein Tukan, ein Wellensittich, ein Steinbock, ein Elch, ein Bär, viele Schafe, zwei Mäuse, ein T-Rex, ein Wiedehopf, ein Chamäleon, Darth Vader, eine Sphinx, Quallen, Krokodile, der Eiffelturm, das Chrysler-Building aus New York, Champagner, Früchte und noch viel, sehr viel mehr.

Was? Das glaubt ihr mir nicht? Dann schreibt doch einfach eine E-Mail an den Verlag – und wir schicken euch ein paar Fotos davon.

Vielleicht werdet ihr später selbst Schriftsteller*innen, so wie ich.
Das würde mir wirklich gut gefallen!

DIE ILLUSTRATORIN

Also, ähm, ich mag mein Weihnachten gerne traditionell. Das heißt so viel wie: Es darf ruhig wie immer sein. Nur einmal hätte ich fast eine Ausnahme gemacht, bei 30 Grad und kitschigen Plastikchristbäumen im fernen Nicaragua … Feliz Navidad! Das war mir dann aber doch zu viel und ich bin am 23. Dezember schnell wieder ab nach Hause gedüst … So viel Anstand muss sein!

Erst unlängst haben wir übrigens unser erstes Weihnachtsfest mit Familienhund Winnie gefeiert, die steht eindeutig auf buntes Geschenkpapier. Wie die in Nullkommnix ein Geschenk ausgepackt hat mit ihren Zähnen, das war der Wahnsinn. Einpacken kann die aber nix. Nur auspacken. Braucht ihr mal einen Auspacker? Dann schicke ich euch die Winnie vorbei. Wuff!

Mein Traum wäre es ja mal, Weihnachten unter freiem Sternenhimmel zu verbringen. Mit Wildtieren, Lagerfeuer und so. Aber so ein Christbaum muss trotzdem sein, eh klar! Ich schau einfach vorher noch bei Michael vorbei und luchse ihm ein paar Tierchen aus seiner Weihnachtsbaumschmuckkollektion ab. Der hat ja schließlich eh genug, oder?

Und wenn alle Stricke reißen, dann mal ich mir eben selber welche.
Ha! Frohe Weihnachten euch allen!

MIX
Aus verantwortungsvollen Quellen
FSC® C014138

Klimaneutral
Druckprodukt
ClimatePartner.com/17357-2305-1006

UMSCHLAG UND ILLUSTRATIONEN: Martina Stuhlberger
SATZ UND TYPOGRAFIE: Christine Fischer und Martina Stuhlberger
DRUCK: Florjančič tisk d.o.o.
LEKTORAT: Tanja Raich
KORREKTORAT: Veronika Schuchter
GESAMTHERSTELLUNG: Leykam Buchverlag

www.leykamverlag.at
ISBN 978-3-7011-8290-9

Klimaneutral gedruckt mit freundlicher Unterstützung durch die Kulturabteilung der Stadt Wien.

Stadt
Wien